AF326097

LE MASQUE DE FER

OU LES

AVANTURES

ADMIRABLES

DU

PERE ET DU FILS,

DEUXIE'ME PARTIE.

A LA HAYE,

Chez PIERRE DE HONDT.

MDCCL.

LE
MASQUE DE FER
OU
LES AVANTURES
ADMIRABLES
DU PERE ET DU FILS;
ROMANCE,
Tiré de l'Espagnol.

CHAPITRE V.

Rois années entiéres s'écoulérent encore de cette forte : Dom Pédre ne permettoit plus à son Fils d'aller à la découverte, il craignoit qu'à la fin il ne le perdit, & il ne doutoit

pas qu'après ce malheur la Princeffe ne s'en affligea au point qu'elle
n'en mourut de défefpoir. Cetté confidération puiffante redoubloit fon
attention : il ne fouffroit point qu'il
le quitta d'un pas, quoiqu'il conçut
affez comme *Criftanval* en fouffroit
malgré fa refpectueufe foûmiffion
pour ceux à qui il devoit la vie, il
étoit aifé de lire dans fes yeux fa trif-
teffe & fes defirs impétueux.

Une nuit qu'il dormoit d'un fom-
meil inquiet, il fut réveillé en fur-
faut par un bruit effroyable, qui lui
fit croire d'abord que la nature fe con-
fondoit & qu'elle étoit prête à rentrer dans le Cahos : les éclairs & le
tonnerre fe fuccédoient fubitement
tour-à-tour, jamais il n'avoit attendu
un Ouragan plus furieux : au lieu de
frémir d'un événement fi terrible, il
fe leva & fortit de fa cafe, pour voir
de fes propres yeux les effets horribles du bruit, dont les plus intrépi-
des auroient été étonnez : les Cieux
étoient ouverts & lançoient de tels
feux, qu'il faifoit auffi clair que fi
plufieurs Soleils euffent éclairés l'U-
nivers

nivers à la fois. *Criſtanval* admira ces effets de la Nature, avec un courage intrépide, mais il ne s'en émut que très peu ; tout ce qu'il craignit dans cette occaſion, fût que ſon Pere & ſa Mere ne ſe reſſentiſſent de cette cruelle tempéte : il rentra pour ſçavoir s'ils n'en ſouffroient point, afin de les tranſporter dans une Caverne toute voiſine, où il ſe mettoit ſouvent à l'abri despluyes abondantes que le Ciel répandoit fréquemment ; il les tróuva levés & préts à ſortir. *Emilie* moins courageuſe que *Dom Pédre* & ſon Fils pouvoit à peine ſe ſoûtenir tant elle étoit effrayée : *Criſtanval* l'enleva & chargé de ce reſpectable fardeau, il marcha devant ſon Pere qui le ſuivoit en raiſonnant ſur les effets horribles du tonnerre, & ſur les malheurs perpétuels qu'il occaſionnoit.

A peine furent-ils dehors de leur caſe, qu'un coup de tonnerre effroyable, les jetta tous à la renverſe, ils ſe crurent écraſés & reſtérent pendant quelques minutes ſi étourdis, qu'il n'y eut que *Criſtanval* qui eut

la force de se relever , il jetta un
cry en voyant la Princesse sa Mere
étendue à ses pieds sans aucun mouvement , & le Masque de Fer qu'il
lui avoit toûjours vû sur le visage
tombé à côté d'elle , il la crut morte & s'abandonna aux plaintes les
plus touchantes ; *Dom Pédre* qui s'é-
toit relevé aux clameurs de son Fils,
accourut vers lui précipitamment,
ah Dieu ! s'écria-t'il , qu'est-ce que
je vois ? en prononçant ces mots il
releva *Emilie* qui n'étoit qu'étourdie,
& qui revint à elle dans le même moment ; elle entendit les plaintes de
son Epoux & de son Fils qui s'étoient
figurez que la foudre en lui fondant
son Masque sur le visage , avoit dû
la faire périr. Remerciez le Ciel s'é-
cria t'elle en se prosternant humble-
ment , il vient de faire un miracle
en ma faveur , en permettant que le
masque cruel , dont j'étois l'esclave
depuis si long tems , soit tombé sans
que j'aye ressenti la moindre douleur ;
c'est un augure heureux qui nous an-
nonce la fin de nos malheurs : nos
prieres l'ont fléchi , embrassez-moi,
mon

mon Epoux, & mon Fils, & félici-
tons-nous mutuellement d'un événe-
nement aussi prodigieux qu'impré-
vû.

CRISTANVAL se préparoit à repren-
dre la Princesse, pour la transporter
précipitamment à la Caverne dont
on n'étoit qu'à trente pas, lorsque
Dom Pédre leur montra du doigt la
mer. Je suis bien trompé leur dit-il
si ce que je vois sur l'onde, n'est pas
un malheureux Vaisseau qui combat
contre les vagues & l'orage : plût
au Ciel ! qu'il fut préservé du naufrage, & qu'après la tempéte nous
fussions assez heureux pour être re-
marquez de quelqu'un de ceux quiy
sont renfermés : *Cristanval* à cet as-
pect tressaillit, il s'écria qu'il ne falloit pas perdre une occasion favorable & qu'on devoit lui permettre de
faire tous ses efforts pour en profiter:
en achevant ces mots il transporta
comme un oyseau la Princesse sa
Mere dans la Caverne, & sans attendre la permission qu'il avoit deman-
dée, il sortit avec précipitation &
fut éxaminer avec soin le Navire que

les vagues en couroux aprochoient
de plus en plus du Rocher. *Dom Pédre* qui ne vouloit pas perdre de vûë
un Fils si cher, le suivit un moment
après. *Emilie* l'en avoit prié, elle aimoit mieux rester seule, (dans l'idée
que *Dom Pédre* sçauroit contenir l'empressement trop vif de *Cristanval*,)
que de l'abandonner à ses mouvemens impétueux.

LE Vaisseaux battu par la tempête fut long-tems le joüet des vagues
& de Neptune en fureur ; il offrit à
Cristanval qui n'avoit jamais rien vû
de semblable, un spectacle bien terrible & bien interressant ; enfin un
coup de mer le poussa avec violen-
ce dans une petite Baye qui se trouvoit entre deux Rochers dans lequel
il étoit si serré qu'il ne pouvoit plus
remuer. Mille vagues se succédant
les unes aux autres se pressérent d'entrer dans ce malheureux Navire, &
l'eurent bien-tôt submergé à leurs
yeux. *Dom Pédre* & *Cristanval* distin-
guérent à la lueur des feux dont le
Ciel étoit embrasé tout l'Equipage
qui luttoit envain contre les coups
re-

redoublés de l'Onde en furie, les uns s'abandonnoient au gré des eaux, sans autres secours que celui de leurs bras impuissans, d'autres qui avoient sans doute prévû le malheur affreux dont ils étoient actuellement les victimes infortunées, paroissoient attachés à des planches que ces vagues raportoient en pleine mer, & disparoissoient pour jamais.

Au point du jour la pluye qui tomba en abondance calma l'orage, & peu de tems après la tempéte & le vent cessérent tout-à-coup. *Cristanval* en jettant ses yeux avides & curieux sur la surface de la mer, aperçut une personne qui s'épuisoit en languissans efforts, pour aborder les environs du Rocher : il accourt, son cœur généreux s'émût de compassion, il veut la sauver du péril à la veille duquel elle est prête à succomber, un moment plus tard ç'en étoit fait, il se jette dans la mer, il la saisit par les cheveux & d'un bras vigoureux il la tire à soi, bien-tôt il gagne le rivage : *Dom Pédre* n'avoit pu désaprouver une action si digne

de louange , il avoit fuivi fon fils
dans l'efprit de la partager ; c'eft une
femme , s'écria-t'il , en confidérant
la perfonne, qu'on venoit d'arracher
au trépas , elle n'eft pas morte , ô
Ciel qu'elle eft belle ! *Criftanval* s'é-
mût à ce Difcours, c'eft une Femme , mon Pere ? s'écria-t'il , une femme comme ma Mere ? eh bien cé
fera la mienne. .. . . mais elle eft fans
mouvement , continua-t'il avec douleur, que faut-il donc faire, pour la rapeller à la vie ? *Dom Pédre* fourit fous
fon affreux mafque de ce tranfport
& de la naïveté de fon fils : il l'aidé
à la foulever , lui fait rendre l'eau
qui la fuffoquoit. Après un foupir elle reprend connoiffance , elle ouvre
les yeux , elle les jette fur *Dom Pédre* , s'effraye à la vûë de fon vifage
de fer : & le prenant pour un monf-
tre elle jette un cry , & fon effroi eft
fi grand qu'elle retombe dans l'état
dont on la vient de tirer.

Il ne fut pas difficile à *Dom Pedre*
de foupçonner la caufe de la frayeur
qu'elle marqua en arrêtant les yeux
fur lui , il en foupira & il s'empreffa
de

de la secourir. Dans la crainte que
la meme cause ne la fit retomber une
seconde fois en foiblesse, il conseil-
la à son Fils de la transporter auprès
d'*Emilie*, afin qu'elle la prépara à le
revoir sans effroy. *Cristanval* s'acqui-
ta de cet ordre avec joye, sans devi-
ner quel étoit le motif secret qui le
faisoit agir, & que la nature seule étoit
capable de lui donner des empresse-
mens pour un séxe aimable qu'il ne
connoissoit pas encore. Il enleva cette
chére proye, & la porta près d'*Emilie*, qui commençoit à s'inquiéter de
l'absence de son Epoux & de son
Fils, & qui fut bien surprise de la
Compagne nouvelle qui lui arrivoit.

Dès qu'il se fut acquité d'un devoir
si doux, il retourna avec empressement vers son Pere dans l'espéran-
ce de secourir encore quelques malheureux, mais cette envie généreu-
se fut vaine ; plusieurs corps surna-
geoient sur la surface de la Mer, c'en
étoit fait, les flots leurs avoient ôté
une vie infortunée. *Dom Pedre* en com-
pta plus de trente, & il ne put envi-
sager

sager tant de mortels malheureux ,
sans se rapeller sa situation affreuse,
& sans en être ému jusqu'au fond du
cœur.

VOILA donc ce que c'est que nôtre vie , s'écria-t'il , en se tournant
vers *Cristanval* , vous le voyez , mon
Fils , & à quoi tant de projets aboutissent : à peine sommes-nous nez,
que nous sommes en proye aux chagrins , aux traverses & aux pleurs.
Devenons-nous dans l'âge que la vanité humaine a nommé orgueilleusement l'âge de raison , que nous exposons sans cesse cette vie si chére ,
& que nous ne pouvons perdre qu'une
fois , pour satisfaire les moindres de
nos desirs : un jeune adolescent , envie-t'il le nid de quelques petits oiseaux , construit sur la derniére branche d'un arbre dont la cime se perd
dans les nuës , vous le voyez ardent
à y grimper : il ne réfléchit pas qu'une
peut rompre sous son pied & le précipiter en bas , il veut atteindre jusques au haut de l'arbre , il ne voit
point la mort , il la méprise , & il
n'a point de repos qu'il n'ait enlevé
ce

ce nid qui fait dans cet âge inno-
cent l'objet de ſes deſirs : les paſſions
arrivent cependant peu-à-peu , elles
s'emparent de ſon cœur en chaſſant
l'innocence. La nature d'intelligence
avec ces goûts nouveaux porte bien-
tôt l'homme à ſouhaiter la poſſeſſion
d'une femme qui lui plaît , il s'eny-
vre de la fatale douceur de la poſſé-
der , il devient jaloux , il veut éloi-
gner des Rivaux , il eſt prêt à cha-
que inſtant de répandre ſon ſang &
de perdre ſa vie : toûjours riſques
ſur riſques , il ne réfléchit que ſur la
qualité de ſes deſirs , tout autre é-
gard lui eſt indifférent.

A-T'IL atteint enfin la poſſeſſion
des biens que ſes ſens offrent à ſa jeu-
neſſe , vous le voyez courir à d'autres qu'il croit plus ſolides : les richeſſes
deviennent l'objet de ſes plus tendres
vœux , il n'y a point de périls auxquels il ne s'expoſe pour en amaſ-
ſer , il court les mers , paſſe d'un
pole à l'autre , eſſuye mille dangers
divers : qu'il réuſſiſſe ou non , il faut
mourir , & ſouvent il quitte la vie a-
vant d'avoir joüi du fruit de ſes travaux.   CRISTANVAL

CRISTANVAL étoit encore trop jeune pour que ces confidérations mo-
rales fiffent un certain effet fur fon
cœur , il n'étoit occupé que des ob-
jets qui frapoient fa vûë , en tournant à la gauche du Rocher il jetta
un cri d'admiration, voyez , voyez,
mon Pere, s'écria t'il : voilà ce Vaiffeau malheureux qui a été fi-long-
tems le jouet des vagues & des vents.
Dom Pedre jetta les yeux fur la Baye
& treffaillit de joye à cette vûë. Ah
Ciel ! reprit-il retournons précipitamment vers votre Mere, qu'elle apren-
ne le miracle que le Ciel opére en notre faveur : Sçavez-vous, mon Fils, que
ce Vaiffeau va faire cefler tous nos
malheurs ? concevez-vous qu'il peut
nous tranfporter dans des Climats
plus fortunés ? *Criftanval* à ce difcours fe jetta au col de *Dom Pedre* &
marqua par cent tranfports différemment exprimés, combien cette liberté qu'on venoit de lui faire envifa-
ger, avoit pour lui de charmes. Nous
allons donc être libres , & quitter ces
retraites affreufes ? O Ciel ! que ne

vous

vous devons-nous point ! O mon Pere , quel bonheur ! volons, courons
en faire part à la Princesse , je l'a-
prendrai aussi à la charmante personne que j'ai sauvé du naufrage ,
elle m'en sçaura gré , elle m'embras-
sera comme ma Mere vous embrasse ,
& j'en serai transporté de plaisir.

De's que la Princesse fut instruite
de la découverte qu'on venoit de faire,
elle jetta les yeux vers le Ciel & le
remercia de ces bonnes nouvelles :
l'Inconnuë étoit absorbée dans une
si profonde douleur qu'elle n'avoit
pas encore proféré un mot depuis
qu'elle avoit été transportée dans la
Caverne. *Cristanval* fit tout ce qu'il
put pour la distraire de ses larmes ,
en lui disant les choses les plus con-
solantes. Nous allons travailler mon
Pere & moi à votre liberté , lui ré-
pétoit-il souvent ; en attendans pro-
menez - vous avec ma Mere , allez
avec elle chercher des nids d'oiseaux,
nous les mangerons ensemble après
notre travail ; j'irai vous chercher
des Cailloux sur le bord de la mer les
plus beaux du monde , & vous pas-

serez

ſerez agréablement le tems à conſidé-
rer leurs différentes couleurs : allez je
vous procurerai des plaiſirs auxquels
vous vous accoutumerez bien-tôt.

La belle Etrangére n'avoit garde
de répondre à toutes ces choſes, elle
étoit Angloiſe & n'entendoit pas l'Eſ-
pagnol ; *Dom Pédre* qui s'en douta à
la maniére dont elle étoit vêtuë, &
ſçavoit quelques mots de cette Langue lui parla : la jeune Inconnuë té-
moigna un mouvement de joye, en
entendant ſon Idiome, mais elle dura peu : le brave Viceroi n'en ſçavoit pas aſſez pour continuer un entretien réglé.

CHAPITRE VI.

LE lendemain à la pointe du jour
Criſtanval & ſon Pere deſcendi-
rent dans la Baye, la mer étoit abſolument retirée, & le Vaiſſeau étoit preſ-
que demeuré à ſec, ils le viſitérent & y
trouvérent un grand nombre de pro-
viſions de bouche, & de tout ce qui
étoit utile aux beſoins de la vie : mais
ce

ce qui leur fit plus de plaisir que tout le reste, fut que le Navire n'étoit que très-peu endommagé, & qu'il étoit facile de réparer le dommage. *Dom Pedre* avoit été autrefois Capitaine de Vaisseau, & entendoit parfaitement tout ce qui avoit raport à la Mer : *Cristanval* étoit fort, comme il a été dit, & avec cela adroit, il comprenoit avec une facilité extrême ce qu'on lui montroit, en un mot avant un mois le Vaisseau fut en état de mettre à la Voile, & malgré les difficultez insurmontables qui sembloient empêcher qu'on ne l'arracha de la Baye, il en sortit avec moins de peine qu'on n'avoit lieu de l'espérer.

AVANT que de se mettre en mer & de quitter l'Isle, *Dom Pedre* & *Cristanval*, crurent devoir faire un voyage aux environs, afin d'éxaminer si l'on pouvoit en sortir sûrement, & sans que l'on s'engagea dans les écueils. Ils se servirent pour cet effet d'un batteau qu'ils avoient trouvé dans le Navire ; ils eurent lieu d'être contens de leurs observations, tout paroissoit favorable à leur dessein :

fein : le vent portoit en avant, la mer n'étoit agitée que comme elle le devoit être pour faire voguer le vaiffeau : l'on avoit trouvé une Bouffolle, une Carte & tous les Inftrumens propres à découvrir les hauteurs ; il ne s'agiffoit plus que de la protection du Ciel pour arriver à la liberté qu'on défiroit avec tant d'ardeur.

APRE's fix femaines de la plus heureufe Navigation, *Dom Pedre* découvrit la terre & un magnifique Port de Mer. La joye tranfporta la Princeffe & *Criftanval* : l'Inconnuë la marqua par une fuite de difcours auxquels perfonne ne comprit rien. Souvenez-vous s'écria *Dom Pedre* à fa famille, en voyant arriver un Vaiffeau du Port, qui venoit les reconnoître, que nous devons obferver un filence religieux fur tout ce qui nous eft arrivé. La moindre indifcrétion feroit capable de nous perdre, nous ne fçavons en quelle terre nous allons aborder : peut-être fommes-nous en Efpagne où dans quelques pays de fa puiffance : je pafferai pour un Officier

ficier qui alloit occuper un Employ
dans les Indes , & qui a été pris en
revenant dans sa Patrie avec les effets qu'il avoit amassé : mon histoire
est toute prête, & sera si vrai semblable , qu'il ne s'agira que de la con-
firmer.

La premiére chose que fit *Dom Pe-*
dre en arrivant , fut d'envoyer chercher un ouvrier à qui il fit limer son
masque affreux. Le long-tems qu'il
le portoit , avoit rendu son visage si
méconnoissable , qu'*Emilie* elle-même eut peine à le reconnoître , & ne
douta point que quand même il abor-
deroit en Espagne , il ne fut par cette raison parfaitement en sûreté.

Cependant le Viceroi , qui avoit
de l'expérience & de l'esprit , n'eut
pas plûtôt entretenu le Gouverneur
du Port , qu'il s'attira beaucoup de
distinction de sa part ; il ne voulut
pas souffrir qu'il prit d'autre logement
que chez lui , jusqu'à ce qu'il eut
mis ordre à ses affaires. La maniére
dont il lui parla de Guerre & de Po-
litique , lui fit penser qu'il étoit un
grand Capitaine , & comme le Roi

II. Part.   B   *d'An-*

d'Angleterre son Maître avoit la guerre, il crut lui rendre un grand service en l'engageant à servir dans ce Royaume : il lui en fit la proposition, en lui promettant qu'il rendroit de si bons comptes de lui, qu'il lui feroit obtenir bien-tôt un Employ proportionné à son mérite. *Dom Pedre* qui ne pouvoit faire mieux, & d'ailleurs charmé d'avoir lieu de se venger du Roi d'Espagne, contre lequel cette guerre se faisoit, & qui étoit celui-la même, qui lui avoit tant fait souffrir de cruautez accepta avec joïe cette proposition. Le Gouverneur tint exactement parole, on fit tant de cas à la Cour de sa recommandation & des choses avantageuses qu'il avoit écrit en faveur de *Dom Pedre*, que non-seulement on lui donna un Régiment & une Compagnie à son fils, mais même il fut ordonné qu'il viendroit en personne à la Cour, afin qu'on jugea par la conférence qu'on vouloit avoir avec lui, de la vérité du raport qui avoit été fait en sa faveur.

LE Roi d'Angleterre après deux heures

heures d'entretien avec *Dom Pedre*, qui avoit pris le nom de *Diego d'Arragon*, afin de ne donner aucun soupçon de ce qu'il étoit, parut si content de la maniére dont il avoit parlé pendant la conférence, qu'il l'assûra qu'il auroit soin de sa fortune, & que si l'Exécution répondoit en lui à sa parfaite théorie, qu'il n'y avoit point de grade où il n'eut lieu de prétendre. *Dom Pedre* avoit l'air si noble, & la phisionomie de son fils prévenoit tellement en sa faveur, que le Monarque dès ce moment conçut pour cette famille une amitié durable, il les renvoya avec mille témoignages de bonté, & les Courtisans prévirent dès lors que la fortune de ces Etrangers feroit infailliblement un cours prodigieux, pour peu que la prévention qui régnoit en leur faveur fut des actes réels de bonne conduite & de valeur.

AVANT que nous entrions dans le détail des choses qui vont suivre, il est essentiel de faire connoître les Acteurs nouveaux qui paroîtront bien-tôt sur la scêne; il n'y en a pas

un

un feul qui ne donne lieu à bien des événemens.

LE Roi d'Angleterre avoit quarante ans, il avoit époufé une Princeffe d'une beauté fans égale, & cela par une avanture extraordinaire dont on rendra compte autre part. Il étoit brave, aimoit la guerre, & quoiqu'il ne fut pas heureux dans fes entreprifes, il ne faifoit jamais la paix qu'à regret. Toutes les vertus qu'on admiroit en lui étoient ternies par un grand défaut, il fe laiffoit prévenir aifément, & lorfque cela arrivoit, il étoit rare qu'on pût le faire revenir.

LA Reine étoit dans fa premiére jeuneffe, outre fon extrême beauté elle avoit des graces qui lui attiroient autant de cœurs que de refpects, mais fa fageffe fans égale étoit un frein qui contenoit fes defirs : une partie des Princes & des Seigneurs de la Cour l'adoroit en fecret, fans que jamais il fe fût trouvé perfonne qui eut ofé le déclarer.

LE Premier Miniftre s'apelloit Milord *Portemhil* ; il étoit abfolu, & fon efprit fupérieur l'élevoit autant au-

deffus

deſſus des autres Miniſtres que la vertu inſpire de reſpect aux plus vicieux ; quoiqu'il fût naturellement affable, il avoit la phiſionomie févére & en impoſoit toûjours malgré lui.

Depuis une année cette févérité paroiſſoit redoublée , & cela parce qu'il avoit un fond de chagrin qui le devoroit & qu'il cachoit à peine : il avoit une fille extrémement aimable qui avoit tout-à-coup diſparu au grand étonnement de tout le monde , ſans qu'il eut pû ſçavoir depuis , dans quel endroit de la terre elle avoit pû ſe retirer ; il avoit dépenſé des ſommes immenſes , & il en dépenſoit encore tous les jours, pour tâcher de parvenir à la retrouver : & c'étoit-là le principe fatal de ſes inquiétudes & de ſa mélancolie.

Le vrai ſujet de ce chagrin qu'il avoit ſçû cacher juſqu'alors , étoit qu'il aimoit ſa propre fille avec l'ardeur la plus vive : comme il étoit vertueux , ſon amour étoit ſurmonté par la raiſon , & c'étoit cette raiſon qui le rendoit de tous les hommes le plus malheureux.

Le

LE sujet de la guerre étoit simple :
le Roi d'Espagne prétendoit que les
Anglois fléchissent le genoüil devant
les Espagnols : qu'ils eussent à sa
Cour un Ambassadeur qui ne porta
jamais de Chapeau, & que ce Ministre du Roi d'Angleterre vint tous
les matins à son lever, lui demander
sa main à baiser de la part de son
maître & se mettre à ses genoux,
en s'écriant vous êtes le plus grand
Roi de tous les Rois, & mon Souverain n'est pas digne de vous donner
à laver.

Le Roi d'Angleterre & ses Peu-
ples avoient frémi d'horreur & de
colére à ces propositions insolentes,
& il avoit été résolu dans un Conseil
de plûtôt périr mille fois que d'obtenir la paix à des conditions aussi
humiliantes & aussi honteuses pour la
Nation, que pour le Souverain.

CHAPITRE VII.

LORSQUE *Dom Pédre* arriva à la Cour, l'on y étoit dans la désolation. Le Roi venoit de perdre une grande Bataille, c'étoit la seconde, & le peuple craintif se croyoit à la veille d'être subjugué & de fléchir le genoüil. Le Conseil du Roi dans les premiéres allarmes, avoit envoyé des Ambassadeurs au Roi d'Espagne, mais il ne les avoit pas voulu recevoir, & cela parce qu'ils avoient refusé de paroître en chemise devant lui comme des Esclaves qui venoient implorer sa miséricorde. Le Royaume qui avoit été instruit de la fierté arrogante avec laquelle on avoit traité ses Ministres, avoit fait un dernier effort pour remettre une armée sur pied; mais la terreur étant répanduë dans tous les cœurs, on n'en auguroit rien de favorable; les plus sages croyoient le Monarchie à la veille de sa ruine, on en gémissoit secret-

tement

tement, & on ne comptoit plus que
fur les fecours Céleftes dont on ofoit
à peine fe flatter.

CES circonftances déplorables ne
contribuérent pas peu à la maniére
gracieufe, dont le Viceroi fut reçû
à la Cour : il paroiffoit habile, il
étoit Efpagnol & il devoit connoître
le génie de fa Nation ; la crife étoit
telle que le Roi s'eftimoit heureux de
l'acquifition feule d'un bon Officier.

LES efpérances que ce Prince avoit
conçû de *Dom Pédre* ne furent point
démenties : à peine fut-il arrivé fur
les frontiéres, qu'il furprit un corps
d'Efpagnols fort fupérieur à celui
d'Angiois qu'il commandoit, il ofa
l'attaquer contre l'avis de fes fubal-
ternes & il le tailla en piéces. Cette
action qui n'étoit qu'un prélude de
tout ce qu'il devoit faire dans cette
Campagne, tranfporta de joye le
Roi d'Angleterre ; il y avoit deux
ans qu'il n'avoit joüi du moindre
avantage, il fe flatta que la fortune
alloit changer, & il reprit un nouvel
efpoir fur de fi heureux commence-
mens des Armes de Dom Pédre.

DEUX

DEUX Victoires remportées l'une après l'autre en moins de huit jours, firent changer la face des affaires: les Anglois reprirent courage, l'émulation prit la place de la terreur, & Dom Pédre qui étoit le mobile de ces Evénemens fut traité de la Cour avec une telle distinction, qu'on lui envoya les Patentes du Commandement d'un camp-volant, avec carte blanche pour opérer pendant le cours de la Campagne, tout ce qu'il jugeroit être le plus utile pour les intérêts de la Nation qui lui étoient confiez.

CRISTANVAL pour son coup d'essai tua de sa propre main au premier combat où il se trouva, le Commandant d'un Détachement, & parut aux Anglois un jeune Lion, auquel il ne manquoit que de l'expérience pour être un grand guerrier. *Dom Pédre* flatté avec justice, de la maniére dont son Fils s'étoit gouverné dans cette occasion, jugea dès ce moment qu'il seroit un jour un grand homme &, qu'il monteroit aux grades les plus grands.

 L'ON

L'on n'entrera point dans le détail des grandes Actions que fit *Dom Pédre* dans cette Campagne , il suffira de dire qu'il battit les Éspagnols par tout où il les pût joindre : une Bataille gagnée couronna son triomphe, le jeune *Criftanval* y acquit une gloire immortelle ; les Éspagnols furent humiliez , & leur Roi surpris de se voir arracher des lauriers qui lui avoient fait concevoir la Conquête de toute l'Angleterre, travailla pendant tout l'hyver à remettre une autre armée sur pied , & si formidable, qu'il se flâtoit non-seulement de faire payer cher aux Anglois les avantages qu'ils venoient de remporter, mais même de les subjuguer entiérement.

Dom PE'DRE & *Criftanval* furent reçûs à Londres comme les Héros à qui l'Angleterre devoit son salut ; le Roi les fit paffer dans son Cabinet, les accabla de carreffes & augmenta leurs dignitez & leurs revenus. *Dom Pédre* fut fait Général, son fils Colonel, la Princeffe sa femme, Dame du Palais, & l'on promit d'établir le plus avantageufement l'Inconnuë qui

avoit

avoit échapée au naufrage & qui n'avoit point encore paru : elle paffoit pour la niéce de *Dom Pédre*, & c'étoit en cette confidération que le Roi prétendoit la marier à un des plus riches Seigneurs de fa Cour.

DE's que *Dom Pédre* & *Criftanval* eurent reçûs les complimens que la Cour leur faifoit en foule, ils fe rendirent avec empreffement vers *Emilie*, qui les attendoit avec la plus grande impatience. Pendant leur abfence, elle avoit fait aprendre la Langue Efpagnole à la jeune Inconnûe dont on n'avoit point encore pû aprendre les Avantures. Elle avoit des fecrets de la derniére importance à aprendre à *Dom Pédre* à l'occafion de cette belle Avanturiére, & elle defiroit avec ardeur de les lui communiquer, afin de prendre des mefures convenables aux circonftances délicates où elle fe trouvoit.

EMILIE après avoir donnné des marque de fa joye de revoir fon Epoux & fon Fils, demanda à *Dom Pédre*, s'il foupçonnoit qu'elle etoit leur prétendue Niéce ? Sçavez-vous

bien, lui dit-elle, fans lui donner le
tems de répondre, qu'elle eft la fille
du premier Miniftre, & qu'elle a des
raifons importantes pour qu'il ignore
à jamais qu'elle eft échapée du Naufrage ? *Dom Pédre* furpris de cette
nouvelle defira avec impatience d'ê-
tre au fait de cette Hiftoire. Elle
fçait affez bien nôtre Langue pour
vous la conter elle-même reprit *Emilie*, & elle le defire avec ardeur dans
la confiance où elle eft, que vous
entrerez dans fes vûës & que vous
la protégerez ; enfuite de ces mots,
le Princeffe fit avertir l'Inconnue :
Dom Pédre fut furpris de l'éclat de
fa beauté & de fes graces touchantes ; elle étoit fi changée à fon avantage depuis fon départ que ce n'é-
toit plus la même perfonne. Le jeune *Criftanval* qui n'avoit jamais rien
vû de fi beau depuis qu'il fe connoif-
foit, en fut ébloüi, mais fon jeune
cœur qui s'étoit entiérement déclaré
pour la gloire, fe contenta d'admirer
fes attraits. Après les premiers Complimens, cette belle Perrfonne conta
fes Avantures en ces termes.

CHAPITRE

CHAPITRE HUITIE'ME.

HISTOIRE

DE

KEELMIE.

J'AI déja dit que je m'apellois *Keelmie* & que je suis Fille de Milord *Portembhil* : à peine ai-je eu l'âge de raison que j'ai perdu ma Mere, & que j'ai commencé à ressentir des chagrins. Mon Pere occupé des soins de l'Etat, crut ne pouvoir mieux faire que de confier mon Education à des Religieuses : on me mit dans un Couvent à six ans, & jusqu'à l'âge de douze, j'y vécus sans trouble & sans événement remarquable.

Mon Pere avoit coutume de m'honorer de sa visite tous les mois, il est si bon & si tendre que je regardois ces jours comme les plus heureux de ma vie : je les attendois avec une

 impatience

impatience extrême, & lorſqu'il arrivoit que ſes affaires l'empêchoient
d'y venir aux tems marquez, je me
trouvois alors d'une triſteſſe dont
rien ne pouvoit me faire revenir.

J'ENTROIS dans ma treiziéme année, ces jours-là ſont, comme on
ſçait un ſujet d'Anniverſaire, & marquez par des réjoüiſſances. Milord
Portembil ne manquoit jamais lorſque
cela arrivoit de venir me voir, & de
me faire des preſens en cette conſi-
deration.

J'EUS lieu d'être contente de ceux
qu'il me fit cette année, il ajoûta aux
habits les plus magnifiques, des Pier-
reries, & beaucoup d'autres ajuſte-
mens qu'on ne m'avoit jamais donné,
j'en fus tranſportée, & je lui expri-
mai ma reconnoiſſance par les ca-
reſſes les plus tendres & par les termes les plus propres à l'en perſuader.

IL parut ſe plaire à la maniére dont
je lui témoignai: vous voilà une grande fille, me dit ce reſpectable Pere, je
veux à preſent que vous ſoyez traitée
comme telle. J'ai donné ordre qu'on
vous donnât un Apartement à part,
j'augmente

j'augmente vos Domeſtiques & vous
aurez un parloir à vous ſeule, où
votre famille vous verra; il eſt tems
que vous preniez peu-à-peu l'uſage
du monde, le tems aproche où vous
y entrerez, il convient que vous le
connoiſſiez avant que d'y paroître:
j'ai ſi bonne opinion de votre ſageſſe
& de vos ſentimens que je n'ai aucune inquiétude ſur l'uſage que vous
allez faire de votre liberté.

Tant de témoignages de bonté
m'attendrirent juſques aux larmes,
mon Pere parut touché de ma ſen-
ſibilité; ce n'eſt pas tout, *Keelmie*,
s'écria-t'il en m'embraſſant, je ſonge
à vous marier à un grand Seigneur
aimable & bien fait; dès que vos habits ſeront achevez je vous l'amene-
rai: il eſt juſte que vous voyez ſi ce
mari ſera de votre goût, avant que
de rien conclure; je ne veux jamais
gêner vos inclinations.

Mon Pere me parut adorable en
prononçant ce diſcours, je reſſentis
un certain je ne ſçais quoi, qui me
tranſporta: non, mon Pere m'écriai-
je avec une vivacité dont je ne fus

 pas

pas la maîtresse, je n'épouserai point celui que vous me proposez, tant que vous me laisserez cette liberté du choix que vous m'annoncez : non, je le répette, je ne prendrai jamais un Epoux à moins qu'il ne vous ressemble, & cela de maniére que je ne le puisse moi-même distinguer d'avec vous.

MON Pere se mit à rire de ce qu'il crut être une saillie, & sortit en disant que dans peu je changerois de langage, il se trompa : le Cavalier qu'il me presenta quelques jours après, ne me plut point, tout aimable qu'il étoit, & je m'en expliquai avec franchise avec Milord à la premiére visite qu'il me fit en particulier.

Ce respectable Pere me tint parole, il ne voulut pas gêner ma liberté ; il me fit cependant quelques reproches sur ce que j'avois refusé un parti si avantageux, mais je lui dis tant de choses flatteuses, & je le caressai tant qu'il s'en tourna sans pouvoir se fâcher de mes refus.

VINGT Cavaliers plus aimables les uns

uns que les autres me furent prefen-
tez, je les refufai de même que le
premier ; tout le monde s'en éton-
noit, & blâmoit hautement mon Pere
de fon trop de complaifance ; bien
des gens fe perfuadoient que j'étois
prévenuë fecrettement en faveur de
quelqu'un : hélas ! on ne fe trompoit
pas, mais qui auroit jamais ofé foupçonner quel objet triomphoit de ma
liberté ? Oferai-je l'avoüer fans rou-
gir mille fois, hélas ! que ne m'en
a-t'il pas couté, lorfque je découvris
le vrai principe de mes refus con-
ftans : j'aimois mon Pere ! oüi mon
propre Pere : je frémis en démêlant
cette cruelle Paffion, & j'eus beau
en fentir toute l'horreur, je ne l'en
aimai pas moins.

J'ENTREROIS dans un détail trop
long, fi j'analifois les différens moyens
qui me firent apercevoir toute la rigueur de mon fort. Il me fuffira de
raporter une occafion qui ne me per-
mit pas d'en douter, la voici : il eft
même à propos de la raporter ici,
pour vous mettre mieux au fait de
ma funefte Hiftoire.

PLUS

PLUS j'avançois en âge & plus je devenois sérieuse, le goût secret qui me dominoit pour mon Pere, me rendoit si prévenante & si attentive à lui plaire, qu'il prit de son côté une telle affection pour moi, qu'il ne se passoit point de semaine qu'il ne vint me voir trois ou quatre fois, & qu'il ne resta à mon parloir des heures entiéres. Hélas! ce furent sans doute ces précieuses visites, qui achevérent de me perdre : loin de me défier des risques que je courois, je m'aplaudissois intérieurement de mes sentimens, je croyois qu'ils étoient ceux d'une fille née, & que cette tendresse étoit un devoir qui ne pouvoit être assez dignement rempli.

J'AUROIS vécu long-tems dans l'ignorance de mes affreux sentimens, sans un événement auquel je ne m'attendois pas, qui m'ouvrit tout-à-coup les yeux sur mon terrible état. La jalousie fut le fatal flambeau, qui me fit reconnoître à sa triste lumiére les égaremens de mon cœur. Mon Pere qui me montroit de jour en jour plus de confiance, vint un jour

jour me trouver de bonne heure ;
je lui trouvai l'air ſi triſte en entrant
dans mon parloir que j'en fus extrêmement émuë, & lui en demandai
la cauſe avec vivacité ? Hélas ! me
dit-il, *Keelmie*, comment pourrai je
vous la confier ? le Roi m'oblige à
prendre un parti qui va me couter
le repos de ma vie ; en vain me ſuis-
je ſervi de tout le crédit que j'ai ſur
ſon eſprit, pour le porter à changer
de réſolution, & à me laiſſer une liberté, que je trouve préférable aux
plus grands biens de la vie, rien n'eſt
capable de l'ébranler ; il ſçait que
dans une place où l'on s'enrichit ordinairement, j'y ai mangé le peu de
bien que j'avois en rempliſſant mes
devoirs, il veut abſolument pour me
faire une fortune plus brillante, &
pour me mettre en état, dit-il, de
vous marier avantageuſement, que
j'épouſe la fille du Contrôleur-Géné-
ral de ſes Finances ; je me trouve
une répugnance invincible pour ce
mariage, malgré tous les avantages
qu'il me procure, & l'idée flatteuſe,
ma fille, de vous faire un ſort heureux :

reux : ma raifon me reproche cette répugance, & combat en votre faveur. Voilà *Keelmie*, le fujet de l'inquiétude que vous avez remarqué en moi, je ne vous en fais point un myftére, je fçais que vous êtes raifonnable, & que vous n'êtes pas capable de faire un mauvais ufage de ma confiance : je trouve même de la douceur à n'avoir rien de caché pour vous.

JE me trouvai fi troublée après ce difcours que mon Pere s'en aperçût, il me demanda ce que j'avois & fi je me trouvois mal ? Hélas ! que lui aurois-je répondu, fçavois-je moi-même la caufe feerette de ce trouble: non, mais je me trouvai contre mon ordinaire d'une timidité fi grande que je fus pendant quelque tems, fans ofer lever les yeux fur mon Pere & fans pouvoir lui parler; il ne douta pas que je ne fuffes prête à m'évanoüir, tant j'étois pâle & défaite, il fe leva fit apeller du monde pour prévenir ce malheur, & fortit en commandant qu'on me mena dans ma chambre, & qu'on eut de moi

tous

tous les soins possibles.

J'ETOIS dans un état si extraordinaire, qu'on me ramena dans mon Apartement sans que je donnasses aucune marque que j'eusse de la connoissance, mes yeux étoient ouverts & ne voyoient rien, on me crut plus mal que je n'étois, mes femmes me deshabillérent, me mirent au lit, & firent enfin tous leurs efforts pour me rapeller à mon état naturel.

Je revins une heure après de cet état létargique, & je fus surprise de me voir environnée, comme une personne qui fait trembler pour ses jours: je demandai avec assez de tranquilité ce qui donnoit à l'inquiétude que je lisois sur les visages & aux soins qu'on se donnoit avec tant d'empressement : on me dit que je m'étois trouvée fort mal, & qu'on avoit craint que je ne le fusse davantage ; je répondis que j'étois mieux, que j'avois besoin de repos, & qu'on me feroit plaisir de me laisser seule : on m'obéït ; j'avois tant de choses à examiner en moi-même : je me trouvois si fort agitée de ce que mon
Pere

Pere m'avoit dit, que je voulois dé-
mêler le principe de l'intérêt que je
prenois à un mariage, qui ne devoit
pas tant me tenir à cœur, & pour
lequel il me convenoit de me montrer un peu plus indifférente.

JE jettai un grand cri à la connoissance de mon Etat, je le reconnus
après une heure d'examen. Grand
Dieu ! m'écriai je, se peut-il, que
l'égarement de mon ame soit poussé
à un tel excès ? quoi ! j'aime mon
propre Pere ? Et j'ai pû l'ignorer si
long tems ? Je combattis deux jours
vainement , pour arracher le trait
dont mon cœur étoit blessé , tous mes
efforts furent inutiles: non-seulement
l'idée seule de cesser de l'aimer me
parut un suplice , mais encore celle
de le voir passer entre les bras d'une
rivalle , étoit ce qui me desespéroit.
Je me déterminai à faire tous mes
efforts pour rompre le mariage projetté , & dès que j'eus pris cette ré-
solution je me sentis soulagée.

CENT moyens plus extravagans
les uns que les autres se presentérent
à mon esprit, pour empêcher que
mon

mon Pere n'epousa celle à qui le Roi vouloit l'unir ; après une mûre déliration je les rejettai tous, je m'en tins à une imagination qui me parut propre à venir à mes fins, & à laisser entrevoir ma passion, sans être dans la cruelle nécessité de la déclarer, je n'en eus pas plûtôt compris toutes les conséquences, que je travaillai dès le moment à la mettre en usage ; je me mis à écrire, & j'envoyai à mon Pere la lettre suivante.

LETTRE

DE KEELMIE,

A MILORD

PORTEMHIL,

SON PERE.

JE me porte mieux, Milord, & le premier usage que je fais de ma convalescence, est de vous remercier des inquiétudes obligeantes que vous avez marquées, en en-

voyant

voyant fi fouvent fçavoir de mes
nouvelles : ma reconnoiffance ne peut
être égalée que par le refpect que je
reffens pour vous., j'efpére que vous
voudrez bien à vos momens perdus
m'honorer d'une vifite précieufe, &
après laquelle je foupire avec impatience.

J'AI un fecret à vous communiquer, Milord, mais pourquoi vous laiffer en fufpens & ne pas vous le dire?
le voici : vous avez fait la conquête
d'une Amie, qui m'eft chere, à l'é-
gal de moi-même : elle vous adore
en fecret, elle m'en a fait confidence, & fi elle aprend ce que vous avez
eu la bonté de me dire il faut qu'elle
périffe : quoiqu'elle foit fans efpoir,
elle ne peut s'accoutumer à penfer
qu'elle vous perdra pour jamais.

KEELMIE.

A PEINE eus-je envoyé ma lettre
que j'aurois voulu pour toutes chofes
au monde la retenir , j'envoyai un
Laquais après celui qui la portoit,
pour qu'il me la raporta, mais il n'é-
toit plus tems : j'étois aimée & trop
bien

bien obéïe. Je tremblai en aprenant
que mon Pere viendroit dîner avec
moi : O Ciel ! que vais-je lui dire ?
m'écriai-je, ne va-t'il pas entrevoir
ce qui se passe dans mon cœur ? mon
trouble me trahira : que pensera-t'il
de moi, ne va-t'il pas m'accabler de
reproches & de mépris ? Mon Pere
fut ponctuel, je tressaillis lorsque
j'entendis son carosse arriver : il entra dans mon parloir extrêmement
paré, & avec un air beaucoup plus
gai qu'à l'ordinaire : je ne sçus que
penser de ce changement. Ma Fille,
me dit-il dès que nous fumes seuls,
aprenez-moi quel est l'objet char-
mant qui songe à votre Pere & qui
s'interresse à son sort ? croiriez-vous
que votre Lettre m'a causé des mouvemens que je ne puis bien définir :
jamais je ne me suis trouvé dans une
situation aussi extraordinaire : à la
veille d'un Hymen que je ne puis
refuser de conclure, je m'en sens plus
éloigné que jamais, & votre lettre, je
vous assure, n'y a pas peu contribué.

Je me trouvai dans un embarras
le plus grand à ce discours, cepen-

dant la crainte que mon trouble ne
me trahît, me rendit à moi-même,
je voudrois de tout mon cœur, lui
répondis-je, pouvoir satisfaire à votre juste curiosité, mais j'ai juré, à
celle qui m'a confié son secret un si-
lence éternel, & il n'est pas possible
que je puisse y manquer sans être la
plus imprudente de toutes les femmes. Qu'il vous suffise, Milord,
d'être assuré que jamais on n'a tant
aimé qu'on vous aime, & que ce
que je vous ai mandé est exactement
vrai. Mais, reprit mon Pere, comment voulez-vous que je me décide
sur des connoissances si abstraites ?
faites-moi du moins connoître quel
est cet objet aimable, qui veut bien
s'interresser à mon sort. S'il ne s'a-
git que de vous promettre de ne jamais abuser de votre confiance, j'en
userai comme si j'ignorois ses secrets
sentimens. Parlez ma Fille, plus vous
mettez d'obstacles à ma curiosité, &
plus je desire qu'elle soit satisfaite:
je sçais que vous m'aimez, & je ne
doute pas que vous ne me donniez
cette marque de votre complaisance.

IL

Il avoit bien raison de croire que je l'aimois ce Pere adorable, hélas ! il il n'étoit que trop vrai : mais je craignois que mon aveu ne l'irrita, & je n'avois garde de lui faire la confidence qu'il exigeoit. Je me défendis avec tant de vrai-semblance, & je lui fis si bien sentir que je serois des plus méprisables, si je trahissois une Amie qui m'étoit si chere , qu'il ne crut pas pour cette fois devoir en tenter davantage ; tout ce qu'il put obtenir de moi à force d'instance , fut que je lui ferois voir un jour cette Amante secrette qu'il se peignoit dans son imagination échauffée la plus adorable personne du monde , il me fit répéter plus de vintg fois que je lui tiendrois parole, & ce fut avec une peine extrême qu'il me quitta sans être mieux éclairci.

Le lendemain il fut plus pressant : vous ne m'aimez pas *Keelmie* , me dit-il , puisque vous refusez de m'en donner des preuves, sur un point qui m'est si interressant. Quoi ! vous vous efforcez de me le persuader & vous me préférez une Amie ? non , je

 n'oublierai

n'oublierai jamais votre peu de complaifance, & le peu de cas que vous faites de mes priéres : où il falloit ne me rien dire du tout, ou me fatiffaire entiérement.

JE voulus encore biaifer, je tremblois : je ne fçavois comment me défaire de fes inftances, Milord étoit trop pénétrant pour que je puffe me fervir de raifons qui ne fuffent pas abfolument valables ; il y a dans vos moyens de me refufer, s'écria-t'il en fe levant pour fe retirer, une envie directe de me déplaire, qui me touche jufqu'au fond du cœur, eh bien, gardez votre fecret, je ne vous prefferai plus de me l'aprendre, mais fouvenez-vous que je ne me mettrai jamais dans le cas d'avoir à me plaindre de vous.

IL voulut fortir en proférant ces paroles, l'état terrible où je me trouvois me fit pleurer amérement : attendez, lui dis-je, en le retenant, je ferai tout ce que vous voudrez ô mon Pere ! mais fouvenez-vous, que c'eft vous, qui m'y avez obligée, & que fi je vous donne lieu de vous plaindre

de

de moi . . . . . . Eh, pourquoi ? inter-
rompit - il, en reprenant un visage
plus serain , aurois-je sujet d'être irri-
té de votre complaisance ? parlez-
moi sans feinte vous me rendrez la
vie : depuis l'idée que vous m'avez
donné de la personne aimable dont
vous m'avez parlé , je porte dans
mon cœur un trouble que je ne puis
vous exprimer. Faut-il enfin vous
l'avoüer *Keelmie* , je l'aime cette adorable personne , & même je ne puis
plus vivre sans la voir , & sans lui
donner des marques de ma recon-
noissance & de mes sentimens.

PENDANT que mon Pere exprimoit
ces paroles avec une action, qui me
prouvoit combien il étoit pénétré de
ce qu'il me disoit, je songeois aux
moyens de le satisfaire , sans essuyer
les mouvemens de sa première surprise. Il me vint une imagination
qui me parut convenable. Eh bien,
lui dis-je, vous allez être content ;
je vais chercher l'objet de vos desirs
secrets, & vous l'amener sous quelque prétexte spécieux, de cette maniére je ne me mettrai pas dans le
cas

cas de me rien reprocher : pourvû
que vous foyez fatisfait qu'importe
comment ? Milord me laiffa la maîtreffe de me conduire dans cette occafion, comme je le trouverois convenable, il ne défiroit que de voir
l'objet aimable qui s'étoit prévenu
en fa faveur, & cela fuffifoit pour
qu'il n'eut plus à fe plaindre de la
refiftance que je montrois pour fes
defirs.

Je fortis & je fus me rendre dans
mon Cabinet, avec un trouble difficile à exprimer, j'avois fait faire
mon portrait en mignature quelques
mois auparavant, pour une tante
qui me l'avoit demandé avec empreffement, je l'envelopai dans un
papier, je le cachettai, & je fus
prier une de mes compagnes d'y
mettre le deffus, en lui donnant pour
raifon que je voulois faire une petite
piéce à mon Pere : je revins au bout
de ce tems le trouver. Vous n'ame-
nez point, me dit-il, l'aimable Pen-
fionnaire dont vous m'avez parlé,
ferois-je affez malheureux pour qu'elle ne voulut pas me voir ? mais, c'eft
votre

votre faute, d'où vient lui avez vous
parlé de moi, que ne l'engagiez vous
à vous suivre sous quelque prétexte ?
Keelmie que vous êtes cruelle ! vous
connoissez ma situation, mes impa-
tiences, mes desirs, & il semble que
vous vous plaisiez à m'accabler d'inquiétudes & de chagrins.

Je tirai alors le portrait de mon
sein. Voilà, lui dis-je, dequoi justi-
fier ma conduite, celle qui est pré-
venue si favorablement pour vous
n'ose paroître ici, elle m'a chargée
de vous remettre cette lettre, je
crois qu'elle vous aprendra le secret
après lequel vous paroissez soupirer
avec tant d'ardeur, on vous suplie
de n'ouvrir ce paquet, que lorsque
vous serez sorti d'ici, ce n'est qu'à
cette condition que je vous le remets.
Mon Pere le reçût avec un transport
de joye qui me toucha beaucoup, &
en me promettant qu'il seroit obser-
vateur religieux de la condition. Il
étoit trop curieux de s'éclaircir,
pour qu'il resta plus long tems, il
se leva un moment après, & me
quitta en m'assurant que j'aurois in-
cessamment

cessamment de ses nouvelles.

Jusqu'au moment que j'en reçus,
je me trouvai dans un état difficile
à exprimer : crainte & l'espoir m'a-
gitérent tour à tour. Que va penser
mon Pere me disois-je, en recon-
noissant mon portrait : n'aura-t'il
pas horreur du fatal secret dont il
est l'emblême ? quel sera son cour-
roux, ses reproches, son aigreur ?
ah, Juste Ciel ! pourquoi avez-vous
permis, que mon cœur se laissa prévenir d'une passion si deshonorante
pour la Nature ? mais, que dis-je,
ne devois-je pas travailler sans cesse
à la déraciner de mon ame, où si
mes efforts avoient été impuissans,
l'ensevelir pour jamais dans mes re-
grets & dans ma douleur ?

CHAPITRE IX.

JE passai trois jours dans cet état
funeste, je desirois avec ardeur
d'avoir des nouvelles de mon trop
aimable Pere, & je les craignois en
même

même tems. Ah ! fans doute continuois-je à penfer, Milord *Portemhil* effrayé des fentimens que j'ai ofé lui laiffer entrevoir, ne me regarde plus que comme un objet méprifable & qui n'eft pas digne de lui apartenir, il va m'abandonner à la honte de mon fort, oüi je ne le reverrai jamais.

De pareilles réflexions me pénétroient de la plus vive douleur, & je pleurois amérement, lorfque j'entendis fraper à ma porte ; j'envoyai une de mes femmes fçavoir ce qu'on me vouloit avec défenfe de ne laiffer entrer perfonne fous prétexte que je repofois, dans la crainte de me montrer dans le défordre où j'étois : on m'aporta une lettre qui me venoit de la part de mon Pere : je treffaillis en la recevant. Voici, me dis-je, mon arrêt, je n'en dois point douter: jefus m'enfermer dans mon Cabinet, & j'ouvris en tremblant cette lettre fatale. Je l'ai relû trop fouvent pour en avoir oublié la moindre expreffion, la voici telle qu'elle étoit.

LETTRE

DE MILORD

PORTEMHIL,

A KEELMIE,

SA FILLE.

APRENEZ-moi *Keelmie*, ce que je dois penser du present que vous m'avez fait ? Depuis que j'en soupçonne la cause, je n'ai pas eu un moment de repos : êtes-vous l'inconnuë dont vous m'avez parlé ? est-il vrai que vous..... je n'ose achever, je desire avec ardeur d'être parfaitement éclairci, & je tremble également pour l'alternative : jugez par le trouble dont je suis agité de mes sentimens secrets ; aprenez m'en davantage pour vous donner plus de confiance. Je ne cesse d'avoir les yeux sur ce trop cher Portrait : je lui dis des choses que je voudrois dire à l'original, votre réponse va

décider

décider de mon fort, il eſt entre vos mains, *Keelmie* ? hélas ! n'eſt ce pas trop vous en dire ? m'entendez-vous auſſi-bien que je vous ai entendu ?

Milord PORTEMHIL.

Je relus cette chere lettre trois fois. Ah ! je ſuis aimée, m'écriai-je à la quatriéme, je n'en puis plus douter, tout me le prouve, dans mon malheur extrême je me trouve trop heureuſe de trouver dans mon Pere les ſentimens que je reſſens pour lui. Sa ſageſſe fortifiera la mienne, & nous nous guérirons l'un l'autre d'une paſſion odieuſe que nous reſſentons à regret, fol eſpoir ! devois-je me flatter, que l'Amour travailleroit lui-même à ſa propre ruine ; mais dans de pareils égarèmens, doit-on attendre d'autres effets de la réfléxion ?

Je fus deux heures entiéres ſans ſçavoir de quelles expreſſions je devois me ſervir pour répondre à mon Pere, tantôt je voulois interpréter différemment l'avanture du portrait, une autre fois avoüer naturellement

 mes

mes foiblesses, & suplier ce Pere respectable, de se servir de tout l'Empire qu'il avoit sur moi, pour arracher de mon cœur le trait fatal dont il étoit déchiré : je me déterminai pour ce dernier parti. Je lui écrivis une grande lettre, où la vertu & l'amour se faisoient reconnoître tour-à-tour, mais où la passion prédominoit sur les vains efforts du sentiment raisonnable : hélas ! à quoi cette réponse servit-elle ? à enflâmer mon Pere davantage. A peine eut-il reçû cette missive qu'il vint me voir, il ne me parut plus ce Ministre révéré, ce Pere respectable & qui m'avoit toûjours imposé jusques-là. L'Amour en avoit fait un Amant tendre, empreflé, délicat : sa vertu réprimoit en vain des mouvemens si odieux. Le crime prédominoit, & obscurcissoit par son flambeau funeste, les rayons de cette même vertu, qu'on avoit toûjours reconnu en lui & qui le rendoit le premier de son siécle : fatal amour voilà de tes coups, il suffit de t'écouter, pour perdre en un instant tout ce que le Héroïfme & la fageffe nous ont fait acquérir avec tant de travaux.

LES premiers jours nous nous abandonâmes à la douceur de nous aimer & de nous le dire fans ceffe, mais la vertu a cela de propre dans les cœurs où elle a établi fon Empire, que fi elle femble céder aux affauts funeftes qui lui font livrés, elle reprend tôt ou tard le deffus, & fecoue impérieufement les traits décochés par le vice; nous nous en aperçûmes bien-tôt mon Pere & moi : à peine fa voix éclatante fe fut-elle fait entendre, que ces douceurs que nous goûtions devinrent améres & empoifonnées : nous nous fimes horreur mutuellement de nos foibleffes, nous nous demandâmes l'un & l'autre comment il étoit poffible, que nous euffions pliés avec tant de moleffe fous un joug fi honteux ? Nous nous exhortâmes mutuellement à nous guérir d'une paffion effroyable, qui devoit tôt ou tard nous perdre & nous plonger dans le plus affreux précipice : nous nous quittâmes avec des proteftations réciproques de travailler

                 chacun

chacun de notre côté, à faire rentrer
nos fentimens dans leur état naturel,
& nous crûmes après huit jours de
combats & d'épreuves cruelles de ne
plus nous voir, que la vertu qui nous
parloit, reprendroit à la fin le deffus,
& que nous n'aurions plus dans la
fuite à nous reprocher de tels égaremens.

MON Pere gagna plus que moi
dans ces combats refpectables, il
avoit fans doute plus de vertu. Le
neuviéme jour il m'écrivit pour fe
féliciter de fa victoire, & pour me
faire des complimens fur la conftance
que je marquois par mon funefte filence dans des fentimens auffi dignes
de lui & de moi. Il ne s'agit plus,
me difoit-il, que de couronner un
ouvrage fi méritoire, c'eft de nous
ôter l'efpoir, me mandoit-il, de nous
revoir jamais. C'eft en vous donnant
un Epoux qui puiffe vous rendre heureufe, & vous faire oublier un Pere
malheureux. Je ne vous dirai pas ce
qu'il m'en a coûté, ajoûtoit-il, pour
prendre ce parti, qu'il vous fuffife
d'aprendre que votre mariage eft
conclu,

conclu, & qu'avant quatre jours vous ferez unie à l'homme le plus estimable de la Cour.

CETTE lettre au lieu de me rendre le repos me l'ôta entiérement : je pensai que Milord *Portemhil* avoit remporté la victoire sur lui-même, qu'il ne m'aimoit plus, & qu'il me sacrifioit sans regret. Cette considération me fit verser un torrent de larmes, & au lieu de me faire triompher de l'horreur de mes sentimens, elle me rendit tout l'amour que j'éloignois vainement de mon cœur.

J'EUS beau vouloir gagner sur moi de répondre aux désirs de mon Pere, en acceptant l'Epoux qu'il me destinoit, je n'y pus parvenir, non plus qu'à me persuader qu'il me convenoit d'éteindre un flamme si criminelle. Après deux jours de combats je me trouvai plus foible que jamais. Mon illustre Pere, mon respectable Amant, qui fut témoin de mes foiblesses un jour qu'il vint me voir, pour me porter à fléchir généreusement sous le joug de cet Hymen projetté, s'en retourna pénétré de

E 4 tout

tout l'amour que je lui avois laiſſé
entrevoir , & j'eus lieu de juger par
quelques larmes qui lui échappérent
que s'il me preſſoit à me jetter entre
les bras d'un Epoux , ce ſacrifice lui
coûtoit du moins autant qu'à moi.

JE me trouvai après cette entre-
vûe dans un accablement ſi affreux ,
que je ne pûs plus me ſupporter moi-
même. Peu de jours après je tombai
malade , les Médecins qui connurent
à ma langueur qu'un chagrin cruel
en étoit le funeſte principe , & qui
s'imaginérent que peut-être l'air du
Couvent m'étoit contraire , & qu'il
pouvoit y avoir donné lieu , décla-
rérent que celui de la Campagne me
feroit plus favorable , ils me l'ordon-
nérent. Jé ne fus pas fâchée de ce
changement , je me flattai que la
Solitude diſtrairoit mes agitations
cruelles , je partis pour une Terre de
mon Pere voiſine de la Mer , mais je
ne m'en trouvai pas mieux. L'Amour
m'y ſuivit , & ce départ ne ſervit qu'à
ajouter à mes ſouffrances , les ri-
gueurs de l'abſence ; & quand on eſt
en proye à ce Dieu cruel , c'eſt le plus
barbare

barbare de tous les tourmens.

Les Gens qui m'environnoient cherchoient tous les moyens qu'ils pouvoient imaginer pour me diſtraire de la mélancolie dans laquelle on me voyoit plongée. Les ordres qu'avoit donné mon Aimable Pere lors que j'étois partie , pour que l'on fût au devant de tous mes déſirs , intéreſ-ſoient tout le monde , & il n'y avoit point de jours qu'on ne me procura de nouveaux délaſſemens : la promenade ſur la mer étoit celui qui me conſoloit le plus , & c'étoit auſſi celui que je prenois le plus ſouvent.

Un jour que je rêvois triſtement à la rigueur d'une deſtinée auſſi malheureuſe que la mienne , qui ne m'avoit rendue ſenſible que pour un Amant que je ne pouvois aimer ſans crime , un vent furieux s'éleva & pouſſa en pleine Mer la Galiotte ſur laquelle j'étois. Après une tempête qui dura deux jours & deux nuits , je fus rencontrée par un Vaiſſeau Eſpa-gnol, mon équipage n'étoit pas en état de ſe défendre , nous fumes obligés de nous rendre ; on apprit qui

j'étois

j'étois, & comme nous commencions
à être en guerre avec l'Espagne , on
trouva ce hazard heureux & on me
conduisit à la Cour , comme un gage
qui serviroit un jour aux desseins secrets de l'Etat.

Le Roi d'Espagne depuis plusieurs
années vivoit dans une solitude profonde , on attribuoit la mélancolie
cruelle dans laquelle il étoit plongé ,
à une avanture arrivée à la Princesse
Emilie sa Sœur ; elle s'étoit éprise du
Viceroi de Catalogne , & sans égard
à son Rang , & à ce qu'elle devoit au
Roi son Frere, elle s'étoit fait enlever
par son Amant. Elle vivoit à ce
qu'on disoit dans un endroit inconnu
de la terre. Ce Prince dont la délica-
tesse sur l'honneur & la gloire est con-
nue de tout l'Univers , avoit pris à
cœur cette affront : & le bruit couroit
que c'étoit là le motif secret qui l'a-
voit obligé de faire la guerre aux Anglois , parce qu'il les soupçonnoit d'a-
voir donné azile au Ravisseur de la
Princesse sa Sœur. En vain depuis le
malheur qui étoit arrivé à la réputa-
tion de son sang , avoit-on tenté tous
les

les efforts possibles pour dissiper ses chagrins, rien n'avoit pû réussir : il persistoit à se renfermer dans son Palais, & à être inaccessible à une partie de sa Cour , & lorsqu'il en sortoit , ce n'étoit que pour donner des actes de sa mauvaise humeur & cruauté à laquelle on prétendoit qu'il avoit toûjours été sujet.

DE's que la belle étrangère eut prononcé le nom du Roi d'Espagne, Dom Pédre & Emilie se jettèrent un regard réciproque , qui marquoit l'intérêt qu'ils prenoient à ce récit , ils ne jugèrent cependant pas qu'ils dussent interrompre Keelmie , ils remirent à la fin de son Histoire à satisfaire une légitime curiosité.

A PEINE fus-je arrivée à la Cour, poursuivit Keelmie , que j'appris toutes ces choses de la femme de *Menquez* premier Ministre, chez laquelle on m'avoit remise , selon les ordres du Roi, afin que je ne pusse m'échaper , & que je fusses traitée comme une fille de ma qualité. Quelques bonnes façons qu'on eût pour moi, je montrois une tristesse extrême,

trême, elle étoit attribuée à mon Esclavage ; mais hélas ! il avoit la plus petite part à mes chagrins. L'idée de mon aimable Pere me pourſuivoit en tous lieux, je portois ſa chére image dans mon cœur, nul événement ne pouvoit l'en arracher.

Je paſſois une partie des jours & des nuits à pleurer, en vain la femme du premier Miniſtre qui ſembloit m'avoir priſe en affection tentoit-elle à diſtraire mes chagrins : j'avois beau faire moi même pour affecter plus de tranquilité, la noire mélancolie prédominoit ſur les efforts que je faiſois pour répondre aux bontés de *Dona Médulina*, c'étoit le nom de la femme du premier Miniſtre, ma langueur auroit dû faire connoître ce qui ſe paſſoit dans le fond de mon Ame : j'étois quelquefois étonnée qu'on ne l'entrevît pas.

Un jour que nous étions prêts à nous mettre à table, *Menquez* entra, accompagné d'un Inconnu dont les traits me frappérent. Il avoit l'air grand & majeſtueux, & ſa phiſionomie m'intéreſſa par un air de triſſeſſe qui y étoit répandu & qui avoit

affez de raport à l'état où je me trouvois : il me parut qu'il m'envifageoit
avec des idées femblables aux mien-
nes, & qu'il s'intéreffoit à mon fort, il
parla peu pendant le repas & m'exa-
mina beaucoup. Il me fixa fi fouvent
que je m'en trouvai embaraffée, & que
je n'ofois plus lever les yeux fur lui.
Dona Médulina, qui étoit de la meil-
leure humeur du monde, fit tout ce
qu'elle put pour égayer ce nouveau
convive, mais il fembloit qu'il fe
modelât exprès fur mes façons. Je ne
mangeois prefque point : il touchoit
à peine à ce qu'on lui préfentoit, il
m'échapoit des foupirs, il en fit plufieurs : je ne parlois point, & il ne
répondoit que par monofillabe. Je
remarquai tout cela, & je m'apperçus même qu'il avoit un air
d'autorité dans cette maifon, & qu'on
y avoit de grands égards pour lui. Je
m'en étonnai & cela parce que c'étoit
la prémière fois, que je l'avois vû
chez *Menquès*. Je jugeai en moi-
même que c'étoit quelque Prince, ou
quelque grand Seigneur de la Cour,
vous connoîtrez bien-tôt que je ne
me trompois pas. DE'S

DE's que nous fumes hors de table, *Menquez* disparut comme à son ordinaire, pour se retirer dans son Cabinet : l'Inconnu qui ne m'avoit été annoncé que pour un Gentilhomme qui vivoit de son bien, (ce que je ne croyois pas) proposa à *Dona Medulina*, de passer dans un magnifique jardin, qui faisoit face à la salle où nous avions dîné : elle feignit d'avoir eu la même idée & me dit en soûriant que la promenade étoit belle, & que rien n'étoit plus capable de distraire les sombres idées. Je ne répondis que par une révérence & je la suivie. L'Inconnu me presenta la main avec un air toûjours aussi triste & aussi embarrassé. J'aurois bien desiré me retirer, comme *Menquez* avoit fait. Mais je n'osois faire ce chagrin à *Dona Médulina*, elle avoit tant d'affection pour moi, qu'il sembloit que dans la situation où je me trouvois je devois du moins me contraindre, & la dédommager par mes complaisances de l'air de tristesse avec lequel je paroissois toûjours à ses yeux.

CHA-

CHAPITRE X.

DONA MEDULINA pour une femme de quarante ans, est encore belle : dans sa première Jeunesse elle a été coquette, & elle n'a paru se soucier que du plaisir de grossir le nombre de ses adorateurs : depuis que ses appas se sont évanouïs, peu-à-peu l'ambition a pris la place de l'Amour, elle n'oublie aucun des moyens qui peuvent la mettre dans la plus haute considération. S'il avoit été possible qu'elle eut pû captiver le Roi d'Espagne, pour que tout le Royaume eut dépendu d'Elle, elle y auroit réussit ; elle a tous les talens convenables, elle est adroite, souple, complaisante & ne trouve jamais rien de difficile, lorsqu'il est question de parvenir à la faveur : mais, comme elle a de la pénétration & du génie, & qu'elle conçoit que ses charmes ne sont pas suffisans, pour se rendre absolue sur le cœur de son Maître, elle

elle a toûjours ambitionné de trouver un sujet facile à conduire qui fût
assez aimable pour enchanter le Monarque : dans l'idée flâteuse que si
cela arrivoit par son canal, elle seroit
toute-puissante, & que son crédit la
mettroit dans l'Etat où son Ambition
aspire depuis si long-tems.

JE reviens à present à ce qui m'arriva à la promenade, dont je viens de
m'écarter, pour faire connoître une
personne, qui va joüer un rôle bien
intéressant. Nous ne fumes pas plûtôt
assises dans un Cabinet de marbre,
que les eaux jaillissantes rendoient le
plus beau lieu du monde, que cette
habile femme se leva avec un air d'inquiétude & s'écria qu'elle avoit une
lettre indispensable à écrire, qu'elle alloit l'expédier & revenir dans le moment : je voulus la suivre, mais elle
me pria de rester & de l'attendre, en
me disant en soûriant, qu'elle me
laissoit avec un Cavalier qui valoit
bien la peine que j'eusse de la complaisance. Je me trouvai dans ce moment si extraordinairement agitée,
que je demeurai comme un terme, &
sans

fans faire aucune réflexion à la fituation embaraffante où elle me laiffoit.

L'INCONNU qu'on venoit de me
vanter, ne me parut pas plus libre
d'efprit que moi, nous fumes vis-à-vis
l'un de l'autre, pendant plus d'une
demi-heure, fans nous rien dire ; croiriez-vous que cette conduite me donna pour lui de la confidération ?
s'il m'avoit tenu les propos qui fe
tiennent ordinairement en pareil cas
à une jeune perfonne qu'on fuppofe
aimable, accoutumée à de pareils
difcours, ils ne m'auroient fait aucune impreffion, mais fon filence
flatta mon amour propre : je trouvai
affez fingulier que cet homme fût le
feul de tous ceux que j'avois vû, qui
ne me dit rien d'obligeant, & je defi-
rai qu'il parlât pour décider d'une
façon de penfer que je trouvois fi bi-
zarre : je le fouhaitai vainement, il
m'entretint de chofes indifférentes,
me parla du Jardin où nous étions,
de la probité du premier Miniftre
chez lequel je vivois : des gentilleffes
de fa femme, & pendant près de
trois heures que je me trouvai avec

lui, je n'eus pas à lui reprocher qu'il voulut me flatter fur la moindre de mes qualitez.

J'ETOIS fi furprife d'une fageffe fi peu ordinaire chez les hommes, que je ferois reftée jufqu'à la nuit fans fonger à me lever de ma place. *Dona Médulina* qui arriva enfin avec fon Mari, fit changer la converfation : elle étoit gaye & elle raporta à l'Inconnu une avanture toute récente, qui fembla le tirer d'une rêverie profonde. Il s'agiffoit d'une jolie femme, qui n'avoit jamais pu fouffrir fon Mari, tant qu'il avoit été empreffé & fidèle, & qui en étoit devenue folle & jaloufe depuis que les affiduitez de fon Epoux étoit ceffées, & depuis qu'elle avoit appris que las de fon indifférence pour lui, il s'en étoit confolé par le choix d'une Maîtreffe aimable. Cela ne me furprend pas, reprit l'Inconnu, après avoir écouté avec beaucoup d'attention l'Hiftoire qu'on venoit de rapporter : les femmes font fantafques, capricieufes & bizarres. Le Mari de celle dont vous venez de parler s'eft laffé d'être fot, & s'il

avoit

avoit commencé par où il finit , il
n'auroit pas à se reprocher à present ,
d'avoir joué un rôle aussi peu convenable & séant à quelqu'un qui se pi-
que d'avoir de la raison ; en un mot je
ne puis concevoir qu'on soit homme
& qu'on puisse avoir la foiblesse de
fléchir sous le joug d'un Séxe aussi
trompeur & aussi vain : dans le vrai
ce Séxe n'a pour tout merite qu'un
faux brillant dénué de toutes qualitez
solides , & il faut être efféminé, sans
expérience & sans raison , pour se
laisser captiver aussi aisément qu'on
le fait aujourd'hui.

Ce discours me parut bien fort ,
& bien extraordinaire devant deux
femmes d'une certaine façon ; il me
piqua, je fus surprise que *Dona Mé-*
dulina , dont la vanité m'avoit toûjours paru extréme ne sçut point y
répondre. Sans chercher à en péné-
trer la cause secrette , je le fis pour
elle, je pris le parti des femmes : j'ap-
puyai mes raisons de citations &
d'éxemples, j'avois beaucoup lu, ma
mémoire m'a toûjours servi à-propos,
je fis l'Apologie de mon Séxe avec

F 2　　　chaleur

chaleur, & je la terminai par réfoudre
que fi nous avions quelques defauts,
il ne falloit l'attribuer qu'à la liaifon
que nous avions avec les hommes,
& que la plus grande preuve qu'on
en pouvoit apporter, c'eft qu'on les
voyoit tous les jours aux pieds de cel-
les que leur vanité cherchoit à hûmi-
lier fi fouvent.

DONA ME'DULINA me jetta un
coup d'œil qui fembla me dire, vous
vous êtes acquittée à merveille de votre rôle : pour l'Inconnu qui m'avoit
écouté avec une forte d'intérêts, il me
fit enfin une politeffe. Des femmes
de votre forte, me dit-il, avec un air
complaifant, n'entrent pour rien
dans le portrait que je viens d'en faire:
vous êtes trop bonne de vouloir bien
les honorer de vos éloges, vous de-
vriez les réferver pour vous feule ;
après cela l'Inconnu fe tourna vers
Menquès, & lui dit qu'il étoit fatisfait
& qu'il avoit bien vû des femmes dans
fa vie, mais qu'il n'en avoit point
trouvé qui me reffemblât. En achevant ces mots, il fe leva & il me jetta
un coup d'œil en fe retirant qui ne me

par ut

parut point auffi froid que je me l'é-
tois d'abord perfuadé.

Je ne pus m'empêcher après fon
départ de me féliciter de ce que j'a-
vois enfin obtenu de cet homme fé-
vère , une politeffe qui avoit paru
tant lui coûter ; je me rapellai fa trif-
teffe , fon air diftingué , & noble , fes
manières aifées d'agir & de parler, &
je m'occupai de tout cela au point,
que le fouvenir de mon aimable Pere
en fouffrit : je ne fis pas pour lors cette derniére réflexion : je me trouvai
dans une fituation d'efprit fi extraordinaire après la vûe de l'Inconnu ,
que je ne penfai à rien qu'à lui.

Dona Me'dulina , qui me vit plus
diftraite qu'à l'ordinaire , & qui avoit
depuis quelques jours des raifons pour
approfondir mon intérieur , me demanda dès que je fus feule avec elle ,
ce que je penfois du Cavalier qui m'a-
voit tenu compagnie pendant fon abfence. Je me trouvai étonnée à cette
queftion , & je lui répondis avec embarras , que dans le trifte état où j'é-
tois , je ne fongeois qu'à mes malheurs.

Elle

ELLE avoit trop d'esprit pour se rendre à cette réponse, mais elle crut devoir attendre un moment plus favorable, pour me sonder & pour m'amener à ses vûes : nous retournâmes à la maison & je n'y fus pas plûtôt que je me retirai dans mon Apartement. J'avois coutume tous les jours depuis que j'étois séparée de mon Pere de flatter mon cruel amour, par la douceur d'éxaminer un portrait que j'avois de lui. Toutes les choses de la vie se tournent en habitude, à peine fus-je dans un cabinet, que je m'y enfermai & que je fus tirer d'une Caffete ce portrait cy-devant la consolation de mes malheurs, mais le croîra-t'on? je le pris & à peine y jettai je les yeux, je le tenois entre mes mains & je songeois à toute autre chose qu'à lui. ô Ciel ! m'écriai-je, m'appercevant enfin d'un changement si surprenant, serois-je assez heureuse pour qu'une passion criminelle s'éteignit peu à peu! Grand Dieu ! feriez-vous ce Miracle, & rentrerois-je dans les sentimens qui conviennent à une fille bièn née ! Je fus touchée de cette réflexion que

je

je me jettai à genoux, & que j'adreſſai à Dieu des priéres qui marquoient ſincèrement mon changement, je ne fus occupée le jour & la nuit que de cette idée, & plus j'y faiſois d'attention & plus je me trouvois tranquile & ſoulagée.

Je paſſai la plus agréable nuit du monde en comparaiſon des précédentes : j'avois encore de l'inquiétude, mais qu'elle étoit d'une nature bien différente de celle dont j'avois été agitée juſque-là ! Je ſongeai à mon reſpectable Pere, il eſt vrai, je revis même encore ſon portrait avec plaiſir, j'éxaminai le fond de mon cœur, je continuai á remercier le Ciel du changement miraculeux qu'il y opéroit ; ce n'étoit plus ces vives douleurs que l'abſence occaſionnoit par le paſſé : je ne pouſſois plus de ſoupirs brûlans, je ſouhaitois de le revoir ce Pere trop chéri ſans que le fatal amour dont j'avois été obſédée fit entendre ſa voix tirannique & monſtrueuſe. Je n'oſois me flatter que cet état heureux dureroit, mais au bout de huit jours je me trouvai ſi tranquile

quille & si revenue de me funestes
égaremens, que je repris peu à peu
quelques appas dont la nature m'a-
voit parée & que ma folle passion m'a-
voit fait perdre. Le neuviéme jour
mon esprit parut dans une assiette si
favorable que l'on m'en fit compli-
ment. *Dona Médulina* me dit en me
flattant, que je devenois mille fois
plus belle de jour en jour : en effet
mon teint n'étoit plus pâle, il s'étoit
éclairci, mes yeux reprenoient leur
brillant passé, je m'en apperçus moi-
même & je ne pus m'empêcher alors
sans trop sçavoir pourquoi, de m'en
applaudire avec plaisir.

Fin de la Seconde Partie.